L'ENFER DES FEMMES

ÉTUDES RÉALISTES

SUR LES

GRANDES DAMES, DAMES, BOURGEOISES, BOUTIQUIÈRES,
FEMMES D'EMPLOYÉS, OUVRIÈRES, SERVANTES,
LORETTES ET FEMMES TOLÉRÉES.

Leur position et leurs misères dans la bonne ville de Paris

PAR

GABRIEL PÉLIN

PRIX : 50 centimes.

PARIS

L'ÉCRIVAIN ET TOUBON, ÉDITEURS,

RUE DU PONT-DE-LODI, 5.

ET CHEZ LUCIEN MARPON, LIBRAIRE, GALERIE DE L'ODÉON, 4 ET 6.

1861

L'ENFER DES FEMMES.

—

ÉTUDES RÉALISTES.

Sceaux. — Typographie de E. Dépée.

L'ENFER DES FEMMES

ÉTUDES RÉALISTES

SUR LES

GRANDES DAMES, DAMES, BOURGEOISES, BOUTIQUIÈRES, FEMMES D'EMPLOYÉS, OUVRIÈRES, SERVANTES, LORETTES ET FEMMES TOLÉRÉES.

Leur position et leurs misères dans la bonne ville de Paris

PAR

GABRIEL PÉLIN

—

PRIX : 50 centimes.

—

PARIS

L'ÉCRIVAIN ET TOUBON, ÉDITEURS,

RUE DU PONT-DE-LODI, 5.

ET CHEZ FRUCHARD, PALAIS-ROYAL, LIBRAIRIE PARISIENNE.

—

1861

INTRODUCTION.

Il y a bien longtemps que, pour la première fois, j'ai lu dans je ne sais plus quels
livres et entendu dire par je ne sais combien de gens que *Paris* était *le Paradis des
femmes et l'Enfer des chevaux.*

Ce dicton pour certains prend la force
d'une vérité démontrée, d'un axiome ; cependant en étudiant les choses de près,
en pesant sérieusement la valeur de ce luxe
(souvent factice) dont la femme se plaît à
s'entourer et en fouillant sous l'habit, peut-

être trouvera-t-on plus de misères, plus de souffrances que de joies pour peupler l'éden édifié par le dicton populaire que je viens de citer.

Si je voulais le controverser et l'attaquer sérieusement, il ne serait pas difficile de démontrer que le cheval est beaucoup moins maltraité dans la capitale que dans la province, et que l'enfer des chevaux est de beaucoup préférable au paradis d'une foule de chrétiens.

Il ne faudrait pas de grands efforts de logique pour arriver à prouver qu'en retournant le dicton, il serait bien plus rapproché de la vérité.

Paris le *Paradis des femmes!* Triste paradis, bien peu à envier si elles ne devaient pas en attendre un meilleur...

Hélas! pour beaucoup vous verrez qu l'éden se transformera en une demeure bien sombre, sous les dentelles les cachemires et le velours, nous trouverons, dans le brillant Paris, ces misères morales dont le Dante oublia de peupler son enfer.

Par en bas, nous rencontrerons la menace, incessante de la faim, et un coin de la jupe de ces malheureuses accroché à la roue de l'omnibus qui conduit à la Morgue et au charnier.

Partout des aspirations de luxe, une apparence de richesse, et presque partout la misère, ce grand ennemi de l'humanité.

Misère du dénûment! misère morale! deux grandes calamités qui trônent en souveraines dans les grandes villes, au sein d'un tourbillon où tout s'engouffre et disparaît sans qu'on le sache, sans qu'on le voie.

Le chant de l'orgie étouffe le bruit des agonies... qu'importe? Personne ne se connaît!...

Par une pudeur instinctive à laquelle même obéissent les plus mauvais, chacun cache ses ulcères. L'évangile a dit :

Tu ne découvriras pas tes nudités.

Aussi la foule ne voit que l'habit, et elle juge sur l'habit.

Paris, au soleil, étale sur les épaules de

celles qui le peuplent des parures resplen-
dissantes.

Qu'est-ce que cela?

C'est la corbeille de la fiancée de Ruy
Gomès de Sylva :

> « Vous n'allez pas au fond.
>
> V. Hugo, (*Hernani*).

C'est au fond des choses qu'il faut chercher pour les bien connaître.

C'est là aussi que nous allons trouver
la négation du dicton populaire qui veut
que la femme ait son paradis dans la grande
capitale au milieu de laquelle serpente la
Seine.

PARADIS OU ENFER.

CHAPITRE PREMIER.

LA GRANDE DAME.

Celle-là est évidemment la plus favorisée,
elle règne en vertu d'un certain nombre de
millions. Elle domine la position de toute
la puissance de ses domaines, sa dot est
immense, elle est par conséquent plus pres-
tigieuse que les titres de tous les Montmo-
rency, les Mortemart, les Clermont-Ton-
nerre... De bien beaux noms, ma foi ; mais
qui, dépourvus de numéraire, ne seraient

pas en bloc cotés dix francs à la Bourse, ce grand crytérium de la valeur nominale de chacun.

Si je me reportais d'un siècle en arrière, il est évident que je n'irais pas chercher cette valeur dans le camp des millionnaires, n'ayant d'autres titres que ceux des écus.

Les écus n'étaient pas encore une noblesse, il fallait les doubler de. quelque vertu... et le Juif Samuel Bernard sut combien coûtait l'honneur de s'asseoir à la table d'un roi !

Les hommes changent, le temps modifie les choses et les principes ; tel qui brillait au premier rang tombe et se voit broyer sans pitié sous les pieds de la foule qui chantait sa gloire.

Le siècle est sans pitié pour les grandeurs qui périclitent !

En l'an deux mille, on ne fera même pas *l'aumône aux descendants des rois !...*

Mais je m'éloigne de mon sujet, je m'empresse d'y revenir.

La grande dame de nos jours, c'est la veuve, la femme, la fille ; ou la sœur du puissant qui est vingt fois millionnaire : voilà ses parchemins et ses brevets. Elle n'a qu'à ouvrir la bouche pour commander ; elle est servie comme par enchantement ; elle est une puissance devant laquelle tout se courbe, elle est reine dans son hôtel comme le marin sur son bord... ; à moins qu'elle ne soit elle-même sous la puissance de quelque mari cacochyme et hargneux. Vienne son décès, la femme la plus triomphante, c'est l'heureuse veuve du mari dont je viens de parler.

Si elle joint comme accessoire de sa fortune une couronne de comtesse ou de marquise, luxe qu'on peut se procurer à peu de frais aujourd'hui, il ne manquera rien au prestige de sa puissance.

Son hôtel dépassera en élégance confortable, le luxe des gros banquiers israélites ses voisins, leurs chevaux seront distancés par les siens, elle pourra se faire reine du turff, et y faire applaudir à mille excentri-

cités de mauvais goût. Que ne passe-t-on
pas à une veuve! La grande dame veuve,
tutoie ses fournisseurs et ses laquais. On
assure qu'elle se chauffe à son foyer en
allongeant ses jambes à la façon de... *ces
dames ;* si elle avait sa fortune en moins, on
lui trouverait des allures plus que compro-
mettantes, mais ses plus grands écarts
seront qualifiés de laisser-aller charmant...

Celle-là aura son paradis dans toutes les
capitales, je ne vois aucune raison pour
qu'elle ne l'ait pas à Paris.

Si au lieu d'être femme libre, notre
grande dame n'est encore que demoiselle,
voyons si la riche héritière aura une position aussi belle que celle que nous venons
de citer.

Son enfance aura évidemment été entourée d'une foule de soins, elle aura été
préservée du biberon Darbo, et autres in-
génieux instruments, inventés pour la des-
ruction et l'étiolement de l'espèce... Une

nourrice aux saines mamelles, des langes soyeux, toutes les recommandations hygiéniques auront été observées pour elle ; on en aura pris soin, comme de ces choses fragiles qui peuvent être brisées par le moindre choc, flétries par le moindre souffle ; on l'aura entourée de maîtres, ou confiée à quelque communauté splendide, où on l'a élevée en l'apprenant à vivre dans la contrainte et l'orgueil.

La vie de la grande dame, *obligée* par sa fortune qu'elle craint de compromettre, va se flétrir associée à la gloire de quelque maréchal de France, ou d'un quasi-prince sexagénaire, ayant conservé au moins autant d'accès de goutte et de rhumatismes que de souvenirs glorieux.

En général c'est ainsi.

Beau privilége, ma foi ! et je me demande à quoi servent les millions ?

Espionnée par un nombreux domestique, la grande dame se flétrit prématurément sous les exigences de la société qui l'entoure et dont elle est l'esclaev.

Elle ne peut pas jalouser la fortune d'autrui, mais elle enviera les talents ou la beauté de ses amies, la coupe élégante d'une robe bien portée.

Il est vrai qu'en compensation de cette atrophie du cœur à laquelle elle semble presque toujours condamnée, elle peut défrayer ses ennuis en tyranisant ceux qui l'entourent; hélas! il lui faut bien cette satisfaction, pour mettre en contre-poids avec les battements de ce cœur auquel il n'est pas permis de parler, et qui bondit, avide d'aspirations, comprimé sous les dentelles, cachemires et diamants, tristes ornements, que parfois elle voudrait échanger contre une robe de bure et la liberté!

Si le côté des aspirations du cœur fait défaut, l'orgueil peut les compenser encore, et celle qui s'en nourrit enivrée par l'encens qu'on prodigue à ses titres et à sa fortune, vit sans doute heureuse dans l'ivresse que lui donne le tourbillon des fêtes et l'encens qu'on lui brûle.

On sait aussi qu'elle pourra atteindre l'idéal du bonheur terrestre, si à trente ans elle devient veuve.

Mais malheur à la grande dame dont la fortune vient à crouler, elle tombera tout à coup du haut de l'échelle sociale.

A une époque où tous sont sans pitié pour les grandeurs qui périclitent, malheur à toutes les existences déclassées, malheur à tous ceux dont la puissance a pour seule base la valeur qui se cote à la Bourse, ou que constate le trébuchet du changeur.

Il me souvient d'une jeune reine, alors sans couronne (que j'ai servie), dont un maître de poste retint les malles, et qui faillit ne pas trouver une auberge pour abriter sa royale tête, dans un temps où le vent de l'adversité soufflait sur ses deux royaumes.

Il y a bientôt trente ans de cela ; depuis cette époque, les choses ont été loin de se modifier, notre machine sociale, en se régularisant, n'est devenue que plus froide et plu ositive.

Les gloires passent et ne durent qu'un
jour.

Pour passer triomphant à travers le siècle : remplissez vos poches deducats.

CHAPITRE DEUXIÈME.

LA DAME.

Voilà une qualification assez élastique, et qui a besoin d'être déterminée.

Il est plus difficile d'être dame, que grande dame.

N'est pas évidemment dame qui veut, bien que le mot soit générique ; il faut quelque chose de plus que la fortune pour être dame.

Madame Potasse est une femme riche, c'est une bourgeoise, mais enfin dans la saine acception du mot, ce n'est pas une dame.

Pour être dame, il faut avoir la forme et le vernis de la civilisation, cela doublé de quelques inscriptions au grand-livre, de terres, de maisons ou de valeurs équivalentes, être artiste (non bohême), vivre dans le monde et y avoir conquis son droit de cité.

Voilà comment je comprends la valeur du mot.

Il y a bien encore quelques dames faites par l'autorité du nom et de la position du mari qui s'est en quelque sorte mésallié; celles-là usurpent évidemment la position, au lieu d'être déclassées elles sont *trop classées*.

Elles l'entendent quelquefois dire..... derrière elles, leur privilége leur coûte très-cher, si elles ont assez de tact pour comprendre les épigrames qu'on leur décoche sous forme de compliment, et les sourires moqueurs qui les accompagnent dans ce monde où elles ont forcé la consigne et passé en fraude.

La dame de Paris est en général spirituelle; d'une fécondité remarquable à l'endroit des lieux communs, elle parle actualités et littérature avec une certaine verve; elle excelle dans la discussion des choses de goût; elle a de l'artiste. En fait de modes et de toilettes, elle n'a sa pareille nulle part.

Distancée au point de vue de la fortune par la grande dame, elle rachète cette infériorité par l'adresse et le goût. Elle ne peut pas remuer l'or à poignées, elle se rattrapera avec ces riens coquets qui sont supérieurs à la richesse d'une parure massive... Puis enfin, au besoin, pour soutenir bravement le choc dans la lutte... elle mêlera adroitement le strass et le diamant; bien fin, ma foi, qui le jour du bal ira en faire la constatation.

La dame est moins guindée, moins esclave que la grande dame, elle sait sourire à propos, son collet est moins haut monté, ses salons sont composés de notabilités moins authentiques peut-être, mais on y trouve plus d'esprit et de franche gaité.

La dame ayant plus d'espace pour se mouvoir, plus de liberté et d'occasions de pécher est assez souvent pécheresse; son mari s'en aperçoit rarement, et c'est justice à lui rendre, soit qu'il ait accepté la philosophie de notre époque, ou qu'en homme sage, il juge prudent de laisser passer le mal qu'il ne peut éviter, on le voit rarement jeter les hauts cris et profiter des dispositions barbares de l'art. 324 du Code pénal. S'il est par hasard dans l'obligation de voir les choses, il fait en sorte de s'en tirer en homme d'esprit, et il y réussit souvent.

R... que vous connaissez tous, avait, il y a quelques mois, oublié je ne sais quoi dans sa chambre; il rentre sans se faire annoncer, et voilà... voilà... comment vous dirai-je?... Il trouve G.... un de ses bons amis, en conversation... animée avec sa femme... Il n'y a pas moyen de part et d'autre de nier la chose. R... en prend bravement son parti... il s'avance résolûment vers sa commode...

G... croit qu'il va prendre quelqu'arme

pour le punir... alors il se jette à genoux...

R. avait pris tout bonnement son porte-
feuille. Il s'empresse de calmer G..., il lui
dit en le relevant et en prenant le ton de la
commisération la plus profonde :

— Hé bien! cher, vous m'en voyez
étourdi ! Comment, vous?... vous, qui n'y
êtes pas obligé!...

Notre homme, après avoir dit, sort le
plus tranquillement du monde.

Qu'en dites-vous?

Ni la dame ni G... n'ont ébruité l'aventure ;
mais Martine, la femme de chambre de
madame, avait aussi vu et entendu, c'est
par elle que j'ai su la chose qu'elle m'a confiée sous le sceau du secret.

C'est assez généralement chez la dame
qu'on trouve le plus de *brio* et de laisser-
aller. Il lui passe quelquefois des fantai-
sies de grande dame qui sont de l'extra-
vagance poussée à la quatrième puissance ;
le mari qui, peu expert dans la valeur des
chiffons et des dentelles, ne s'est pas douté

des dépenses formidables faites par madame, se voit souvent assailli par une avalanche de factures qui le mèneraient inévitablement à Clichy, si la dette était commerciale.

Témoin madame D... la femme du jurisconsulte, la spirituelle madame D... qui, en dix-huit mois de temps, avait trouvé moyen de faire, chez sa lingère, une petite dette de 37,518 francs, plus quelques centimes, consiencieusement facturés par la marchande.

Ajoutez à cela que D... a cru trouver madame en contravention formelle avec les prescriptions de l'art. 212 du Code. Il a eu la maladresse de le crier sur les toits et de demander une séparation.

Heureusement l'innocence de madame a débordé dans les documents fournis au procès, elle est sortie triomphante... D. a été débouté de sa demande... c'était justice... tout le monde sait que madame est charmante.

La dame est le véritable principe vivi-

fiant de la vie parisienne, elle a généralement les idées avancées, bien souvent, en
politique, son mari lui doit ses plus heureuses inspirations.

Nous ferons bon marché de ses péchés
mignons de jeunesse, Pardonnez-lui Seigneur, etc... Elle est coquette, ce n'est pas
un crime; médisante... eh mon Dieu, c'est
le moyen de faire briller un esprit malicieux
et de chasser l'ennui... Si j'osais l'accuser
je dirais, non pas qu'elle manque de foi, elle
en est pleine... que son cœur se refuse à
l'espérance... oh que non pas; elle espère
toujours.... être adorée, s'enrichir encore, etc., etc. Elle aurait toutes les vertus théologales si elle possédait la charité.

Cette vertu lui fait généralement défaut,
surtout quand elle vieillit, la dame qui se
fait vieille et qui ne vit pas au milieu de ses
enfants, devient ordinairement hargneuse
et plus avare encore, justifiant ainsi la pa-
role évangélique.

Qui sordibus est, et sordescat adhuc.

Comme elle n'est plus adulée, elle s'engoue et se passionne pour un épagneul ou un caniche blanc qu'elle fait tondre en lion, et auquel elle adjoint un perroquet.

Ces deux animaux deviennent alors sa vie et sa joie.

Elle craint toujours que le chien, emporté par la fougue de ses passions, aille se perdre loin du quartier, ou que l'oiseau favori ne s'envole ou ne mange une branche de persil.

Avec ses deux bêtes elle tient ses servantes en haleine, elle les fait courir et damner pour des riens mycroscopiques. Elle épie leurs moindres mouvements, elle veille à la consommation du charbon, et crie à la dilapidation pour une braise mal étouffée; elle renferme tout sous clef, pèse le pain qu'elle donne, et prétend que sa cuisinière, qui *a tout à gogo*, vole par voracité le pain de son chien pour le manger en cachette.

La vieille dame, tondrait au besoin sur

un œuf; elle attire à elle comme si elle devait vivre pendant des siècles; elle se fait
détester de ses serviteurs. Ses anciens amis
la fuient parce que son esprit est toujours
disposé à la médisance, et qu'elle semble
vouloir livrer bataille au genre humain :
elle fait le vide autour d'elle, parce qu'elle
ne veut rien rabattre de son orgueil et de
ses prétentions admissibles un demi-siècle
plus tôt, mais devenues ridicules avec le
temps. Détestée de tous et maudissant son
entourage, type d'égoïsme et de rapacité,
elle finit par mourir presque seule, sans
qu'une larme l'accompagne.

Elle lègue ordinairement une pension à
son chien, qui embarrassant bientôt ses
héritiers, meurt..... *par accident* dans le
canal ou dans la Seine, ayant au cou
quelque lourde pierre appendue à son col-
lier.

Hâtons-nous de le dire, les dames de la
bonne ville de Paris sont loin d'être toutes
moulées sur le type que je viens de citer;
la majeure partie terminent leur carrière

comme elles l'ont commencée, c'est-à-dire dans le sein de la famille près du foyer, où elles se voient rajeunir et reproduites dans la personne de leurs enfants, qui perpétuent cette bonne tradition de la vive et spirituelle Parisienne prototype des mœurs et du goût de la civilisation de la capitale du monde élégant.

Noël pour les dames de Paris !

Mais ce monde élégant dont la dame est le plus bel ornement, tient matériellement au point de vue du chiffre une bien petite place au milieu de ces masses compactes qui ondulent dans la Cité... Si la dame trouve en partie son éden dans nos murs, elle n'est qu'une fraction bien minime de la grande société dans laquelle riches et gueux viennent se débattre...

Passons outre en posant toutes fois notre chiffre, plus tard nous ferons l'addition et le bilan général.

CHAPITRE TROISIÈME.

―――

LA BOURGEOISE.

Elle ressemble beaucoup à la dame, et cependant il y a entre les deux types une différence bien marquée ; on pourrait dire qu'à quelque chose près la position de fortune est la même, mais les mœurs diffèrent ainsi que les prétentions.

La bourgeoise est beaucoup plus simple et bien moins prétentieuse que la dame, il est évident que le défaut de prétentions repose en grande partie sur le manque d'habitude

et le défaut de savoir de ces riens qui font
la femme du monde et qui lui donnent son
droit de cité.

La bourgeoise, qui est en général rentière,
marchande retirée des affaires ou femme
d'un ex-industriel enrichi, au lieu de chercher comme la dame à faire remonter sa
généalogie à quelque origine princière, tient
à orgueil de dire qu'elle a vendu de la dra-
perie ou des épices, et qu'à force d'ordre et
d'économie elle est arrivée à être tout aussi
cossue que les grandes dames.

Le mot *cossu* a été créé pour la bourgeoise ; elle a moins de luxe apparent que
la dame, mais ce qu'elle a est moins colifi-
chet et plus sérieux ; enfin, pour trouver le
mot propre, la bourgeoise est *cossue*, sa maison est plus sérieuse et mieux administrée
que celle de la dame, elle est moins sujette
aux revers de fortune.

Le mari de la bourgeoise est presque toujours garde national, il est quelquefois décoré ; sa femme l'appelle : mon *bichon* ou
monsieur *Prud'homme*, elle le choie, et elle a

pour lui tous les égards ; cependant le bourgeois est bien rarement en première ligne
dans le domicile social où madame Prud'-
homme a toujours le haut pavé.

Quant à la fille de la bourgeoise qui a
des aspirations plus élevées que celles des
auteurs de ses jours, elle se marie, devient
dame et quelquefois grande dame.

Dans ces deux conditions, en admettant
qu'elle s'y maintienne, elle perd presque
toujours au change.

La maison du bourgeois est essentielle-
ment prosaïque ; mais c'est justice à lui
rendre, c'est encore là que se conservent
le plus religieusement les traditions honnêtes, on y retrouve encore la loi de la famille, et à défaut de poésie, on y conserve
l'honnêteté et la bonté du cœur.

La maison du bourgeois de Paris ressemble beaucoup à celle du bourgeois de province, c'est peut-être ce qui fait sa supé-
riorité.

Dans quelques années le type de la bourgeoise parisienne sera probablement effacé,

il sera de lui comme de l'épicier de 1830 :
le nom restera, mais le type se sera abâtardi, perdu.

Si le titre de bourgeoise parisienne n'é-
tait pas un titre de transition et la con-
séquence heureuse d'une longue suite de
labeurs, je dirais probablement qu'en dehors de la farandole de nos idées extrava-
gantes de luxe et d'aspirations aux choses
fantastiques, la bourgeoise est la représen-
tation de la vie tranquille au milieu du ta-
page et des tentations du luxe effréné de
Paris.

Elle y vit heureuse à peu de frais.

Mais elle tend à se retirer des murs de la
capitale, bientôt on ne la trouvera plus que
dans la grande banlieue.

CHAPITRE QUATRIÈME.

LA BOUTIQUIÈRE.

Malgré la transformation de l'ancienne boutique sombre que remplace aujourd'hui l'élégant et brillant magasin, il ne faut pas trop se hâter de croire que celles qui vivent dans ces cages dorées doivent y couler des jours aussi resplendissants que l'enseigne dont elles sont propriétaires.

O vous qui cherchez les priviléges, les joies et le bonheur, passez votre chemin et cherchez ailleurs !

Voyons ce qu'est pour la femme la vie de
la boutique, et quelles sont les délices ré-
servées à celles qui sont les reines du comptoir.

La fille du marchand ne passe en général que quelques années dans les pensions;
elle y va, ordinairement, de treize à seize
ans; ses parents lui font à cette époque
quitter l'arrière-boutique pour deux rai-
sons : la première, parce qu'ils espèrent
à sa rentrée qu'elle pourra remplacer
le teneur de livres; la seconde, c'est qu'il
est possible qu'on la marie, qu'une fille
bien *éduquée* se place mieux, et qu'on peut
réduire sa dot.

Que la boutiquière soit issue de marchands, ou que le marchand qui l'a épousée l'ait prise dans une autre classe pour
ses écus, sur lesquels on a compté pour
payer le fond acheté à crédit ou pour
parer au déficit d'une position embrouillée,
voyons ce que fait la pauvre marchande sur
la banquette de velours où elle se trouve
condamnée à s'asseoir, toujours, toujours.

toujours; moins heureuse qu'Asraël, le juif symbolique, qui lui, au moins, voit depuis des siècles des pays et des hommes nouveaux.

La marchande restera toujours à son poste de comptoir, obligée par son enseigne; il faut qu'elle sourie à la pratique, qu'elle subisse ses caprices, ses exigences; à l'heure où la boutique se ferme croyez - vous qu'elle va se reposer? Que non pas, elle se doit aux soins du ménage, et bien souvent encore le mari, qui le jour lui souriait en public, se fera grondeur et tyrannique; le brave courtaud sera en présence d'une fin de mois embarrassée; l'huissier sera venu déposer sa carte, signe du protêt de quelque lettre de change, ou bien encore le propriétaire, qu'on n'aura pas soldé en temps utile, aura en vertu de l'article 819 du Code de procédure fait saisir gager le mobilier et menacé d'une expulsion de lieux.

Oh! combien j'en connais, de ces pauvres femmes de marchands dont la vie s'use en une lutte incessante contre la ruine qui les menace. — Elles sourient au chaland. — Mais si leurs lèvres grimacent un sourire, elles ont la mort dans l'âme.

Qu'une crise commerciale se fasse sentir ! c'est sur la femme qu'en retombe presque toujours tout le poids ; le mari court il est vrai pour conjurer l'orage ; son activité lui est une distraction, un soulagement ; si il se courbe quelques heures sur ses livres, il peut au moins fuir momentanément la maison et ses ennuis, mais la femme... Elle restera là toujours jusqu'à ce que la maison croule ou qu'elle soit sauvée, toujours à son poste comme le commodore sur son banc de quart.

La femme du marchand, rapetissée aux exigences de la boutique, se flétrit sans avoir connu la vie, elle devient mère sans avoir goûté les joies de l'hymen, elle est sage même contre son gré ; le comptoir et les cent yeux qui l'entourent sont en général un vertugadin à toute épreuve.

A cette généralité il est sans doute quelques exceptions, certaines maisons croulent aussi par le fait de l'inconduite de la femme, mais là encore il y aurait beaucoup à dire, et ce serait s'écarter de notre sujet qui repose sur les généralités et non sur des exceptions.

Mais je vous le demande, est-ce bien une existence que cette vie sans air passée à la même place entre un carnet d'échéance, des plateaux et des poids, et n'est-ce pas payer bien cher les oripeaux qui brillent au gaz !... maigre compensation du servage sous lequel se courbe la femme du boutiquier de Paris.

Cherchons-en de plus favorisées, car dans la position qui lui est faite, je ne vois pas qu'elle ait dans notre bonne ville une part de paradis.

CHAPITRE CINQUIÈME.

LA FEMME DE L'EMPLOYÉ.

C'est une des positions les plus fausses, les plus intolérables que les grandes villes ont seules le triste privilége de créer.

La femme de l'employé est le type de la vie restreinte rendue horrible par les aspirations de luxe, par les besoins d'une prétendue position.

L'employé est généralement un homme propre et bien brossé, ciré, civil en la forme, qui, quand il a dix-huit cents francs d'appointements, est presque toujours aussi capable que le sous-chef qui est rétribué à quatre mille, avec cette différence cependant, que l'employé à dix-huit cents francs fait dix fois plus de besogne que le sous-chef.

L'employé est homme du monde, presque toujours bachelier, quelquefois docteur... c'est enfin un homme *bien léché*. Il représente, et est dans l'obligation de représenter quatre fois plus que sa solde ne le permet... Cependant on exige cela de lui. Il ne prendra pas une femme à açons communes, il lui faut une femme élégante et distinguée, c'est obligatoire pour lui, à peine de destitution.

Bref, notre homme se marie, il prend une dot de dix, de vingt, de trente mille francs; sa femme est spirituelle, vive, elle a accepté pour la valeur de l'habit l'époux que ses parents lui ont désigné.

C'était charmant avant le mariage, c'est charmant encore pendant deux ou trois mois.

Au bout de ce temps, l'employé s'aperçoit que les charmes et les quinze cents francs qu'il a épousés sont insuffisants.

La nouvelle épousée, qui avait cru trouver l'abondance dans son ménage, commence aussi à expérimenter la vie en s'imposant des privations qui lui laissent de cruelles déceptions sur les rêves qu'elle avait faits.

Mais nous ne sommes pas au bout des mécomptes, la famille vient ; alors..... il n'est pas de misère dorée plus navrante, plus profonde que celle-là.

Il faut paraître, il le faut, à peine de discrédit, de retrait d'emploi, ou tout au moins de croupir dans le même bureau, sans avancement.

On ne sait pas, on ne saura jamais ce qu'ont coûté d'efforts à acquérir le chapeau de velours et le burnous de la pauvre femme !...

Pour les acheter, il a fallu économiser sur la chandelle, le bois et le sel, sur les légu-

mes du pot-au-feu hebdomadaire, sur le sou
de lait du déjeuner des enfants !

La maison est entourée de créanciers
criards, ils viennent glapir à tour de rôle,
et le 28 de chaque mois, quelque bijou,
quelqu'oripeau va se déposer en cachette
dans les bureaux de l'administration *phi-
lantrophique* qui soulage les nécessiteux à
raison de 13 0/0 l'an.

Cette vie-là durera tant que l'héritage de
quelque parent ne sera pas venu combler le
déficit... ou encore jusqu'au jour où solli-
citant la bienveillance du chef de division,
la femme de l'employé obtiendra (pour son
mari) des gratifications et un avancement
dûs à son mérite, bien entendu.

La femme de l'employé a beaucoup plus
de liberté que la femme du marchand, elle
a le temps nécessaire pour solliciter...

Si elle sait intéresser, la position matérielle du couple doit s'améliorer... si l'ins-
pecteur est le parrain de l'enfant.

Il faut être indulgent pour la pauvre
femme dont le mari, machine à expéditions,
vient régulièrement chaque jour, de neuf à

cinq heures, mettre sa plume à la solde des
Excellences.

Dans cette position de femme d'employé, il y a à enregistrer bien des fatigues, bien des misères; laissons passer la
femme du pauvre hère, passons chapeau bas
devant une des misères engendrées par les
besoins croissants de notre orgueil, et cherchons ailleurs la femme dont Paris est le
paradis.

CHAPITRE SIXIÈME.

L'OUVRIÈRE.

Peut-être trouverons-nous sur les derniers degrés de notre échelle hiérarchique
les heureuses que nous cherchons.

Voyons *Jenny l'ouvrière au cœur content*, etc.
S'il faut en croire la chanson, j'ai trouvé,
et je vais pouvoir poser ma lanterne.

En observant les choses de près, je m'a-
perçois que les Jenny sont rares, il en est
très-peu qui refusent la richesse pour... Je
demanderai au chansonnier ce qu'il a pré-

tendu faire préférer à sa Jenny, en me le disant, il m'obligera beaucoup.

Oh! le triste tableau! quelle longue liste de souffrances de toutes sortes! Prenons notre courage à deux mains pour en tracer rapidement l'esquisse.

L'ouvrière (même dans le nouveau Paris) se trouve dans des logements malsains, où l'air est raréfié, sinon par le vice de construction de l'édifice, mais par le fait de l'aglomération d'une trop grande quantité de gens entassés dans un étroit espace.

Chacun sait quel est le prix des loyers, et l'impossibilité matérielle pour certaines gens de se pourvoir d'un local suffisant. Alors les familles pauvres s'entassent dans un local étroit qu'un spéculateur philanthrope loue en faisant payer le terme d'avance, et faisant également signer un congé qui le met à même d'expulser le locataire qui ne serait pas en mesure de payer d'avance le terme suivant.

Dans ces espèces de cités ouvrières, il faut s'empresser de le constater, le propriétaire, pourvu qu'on le paie, laisse jouir le locataire à sa guise. Il peut chanter, crier, boire et battre, c'est son privilége. Il peut avoir autant de chats, de chiens, d'amis et d'enfants qu'il jugera convenable, le propriétaire ne s'en préoccupe pas.

Aussi les maisons occupées spécialement par des ouvriers, sont quelque chose de navrant à voir; une promiscuité révoltante vient ajouter encore son immoralité aux miasmes de l'air corrompu par une trop nombreuse agglomération, et par mille choses sans nom qui, haillons infects, sont les tristes oripeaux de l'habitant.

La loi du Seigneur a dit à l'homme : *Tu ne découvriras pas la nudité.*

Mais à côté de cette loi et des instincts pudiques, viennent lutter victorieusement les instincts des besoins impérieux de la brutalité, et alors... la nudité se découvre dans toute sa laideur.

Là, il ne reste plus rien des instincts pudiques, que le mot brutal; rien n'abruti comme la misère !...

Avec ce hideux fléau meurt la poésie, le cœur s'engourdit, l'âme se perd.

L'homme courbé sous sa loi, se rapetisse au niveau de la brute, et dans ses aspirations aux joies qui font que la vie est un bienfait, il les réduit aux sensations animales et il se fait homme dégénéré.

La malédiction du Seigneur qui pèse sur l'homme, a fait que le coupable est atteint dans sa descendance jusqu'à la septième génération ;

Ce n'est pas une menace vaine, c'est une vérité navrante, palpable que je vais démontrer.

Hideux exemples, pourriture morale, virus du sang artériel du père, tout cela se transmet... et ce n'est qu'à la septième génération, que le sang et les mœurs ont pu se régénérer, quand la Providence permet que ceux qui sont rongés par la lèpre morale et dont le sang est vicié, fassent des efforts pour arriver à la régénération.

Plaignons donc les filles pauvres élevées dans les langes du dénûment, et dont le

cœur fatalement perverti par l'exemple, a
dû fausser le sens moral.

Atrophiées par la misère, héritières d'un
sang apauvri, tuées moralement par l'exemple des vices du père... que voulez-vous
donc qu'elles fassent, je vous le demande,
dites-le moi?

Vous avez trouvé moyen d'améliorer les
races ovines, bovines, chevalines, etc., on
va améliorer, à Canton, les habitants du
Céleste-Empire, et on quête pour les petits
Chinoisons *destinés à l'engrais*!

Hé! messieurs les philanthropes, qui amé-
liorez si bien tant de choses, tâchez donc
d'améliorer ce qui est à votre porte, dans
vos maisons, vous ne manquerez pas de besogne, je vous le promets!

MM. les économistes ont fait de bien sa-
vantes combinaisons, et se sont démontré
victorieusement *à eux-mêmes* qu'avec telle
somme dérisoire, qu'ils ont accusée en toutes lettres, l'ouvrière rangée pouvait, non-
seulement, par son travail, fournir à tous les

besoins de sa vie, mais encore grossir chaque semaine son épargne, et, que vous dirai-je ? acquérir non-seulement des trésors
dans le ciel, mais quelques petits coupons
de rente ; puis enfin, de fil en aiguille, l'intérêt des intérêts aidant, devenir.....

L'économiste a le talent de prouver à tout
le monde qu'il est on ne peut plus simple
de devenir millionnaire... Pour plus
amples renseignements, je renverrai à l'autorité du livre qui enseigne le moyen de se
faire six mille livres de rente en élevant
des lapins dans un grenier. Apportez-moi
un de ces rentiers-là.

Puisque nous parlons de l'ouvrière parisienne, il faut bien dire quelques mots sur
sa famille, la façon dont son éducation s'ac-
complit, et quels sont les exemples qui lui
sont donnés.

Un ménage d'ouvriers.

C'est en prenant le terme moyen le plus favorable, que nous en présenterons le tableau, et c'est dans les positions régulières et légales que nous prendrons notre exemple.

Nos mariés ont : le mari vingt-six, la femme dix-huit ans. — Leur petit ménage est au complet. Nos jeunes gens ont de bons bras et bon courage, et la première année ils ont pu arriver à faire quelques économies; les voilà en bonne voie, tout va bien. Un premier enfant arrive, la santé de la femme en est altérée, les ressources diminuent, les dépenses ont augmenté.

Les choses vont ainsi en s'amoindrissant, pour peu que le troisième enfant arrive, et que le travail soit venu à faire momentanément défaut, le ménage change alors d'aspect.

Ce ne sont plus les meubles neufs et coquets de la première année ; tout cela s'est flétri par le temps et le manque de soin.. ... La chambre est devenue un taudis.

Cependant les ouvriers luttent courageusement ; mais le mari tombe malade à son tour, la misère se creuse encore, le terme ne se paie pas, le propriétaire donne congé. — En changeant de maison, l'ouvrier change de mœurs ; il subit l'influence de ses nouveaux voisins qui ont depuis longtemps été tributaires de la misère chronique qui leur a imprimé son cachet fatal.

Un revirement complet s'opère.

On jette, comme on dit, le manche après la cognée, on ne croit plus à l'avenir, et on ne compte que sur le présent. — A quoi m'a servi l'économie, se dit le mari, me voilà de dix ans plus vieux, et je n'ai fait que rétrograder. Je me suis refusé toutes les jouissances, j'ai eu tort, car si j'avais pris mon plaisir où je pouvais le trouver je n'en serais pas plus pauvre, et j'aurais au moins joui de la vie.

Quand l'ouvrier en est arrivé à raisonner ainsi, la maison est perdue.

Une fois qu'il a franchi la porte du cabaret, et qu'il s'y trouve en compagnie des *rigoleurs*, le ménage devient un enfer.

Dans cette condition c'est le mari qui s'est fatigué le premier.

Je ne viens pas prétendre qu'en d'autres cas, la femme n'abandonne la maison pour faire comme la châtelaine de Framboisy ; mais en majorité c'est le mari qui quitte le poste le premier : voilà pourquoi je cite l'exemple à ce point de vue.

Rien n'abrutit comme la misère, rien ne dénature et ne pousse aux choses mauvaises comme les besoins impérieux qu'elle enfante ; rien ne dégrade, n'avilit davantage !

C'est qu'aussi c'est une terrible chose que cette misère quand elle vient se greffer sur une nature honnête et laborieuse qui tombe

écrasée par elle, quand tout a été mis en
œuvre pour échapper à son étreinte fatale.

J'ai été, hélas! à même de l'expérimenter
bien souvent. Combien j'en ai vu de ces
pauvres cœurs confiants faire leur entrée
dans la vie avec cette ardeur et cette honnêteté dignes d'un autre siècle! Ils croyaient
à l'avenir, ils luttaient courageusement,
puis après dix années de fatigues, ils
étaient obligés de s'arrêter... ils avaient
faim !

Ils avaient faim et cependant ils s'étaient
usés dans les veilles et dans les pratiques
de la vertu! — Ils avaient travaillé sans jouir
et sans se plaindre, mais enfin ils s'arrê-
taient, désespérés, doutant de la Providence,

A côté d'eux passait en ricanant un sceptique de coin de borne qui leur jetait quelque raillerie amère.

Et cette raillerie les mordait au cœur,
ils commençaient à maudire, révoltés dans
leur conscience de juste, mais déjà sur la
pente de la réaction; ils montraient le

poing en parodiant la menace de la troisième Catilinaire :

Quousquè tandem Catilina !

Leur Catilina... c'est la chaîne à laquelle est soudé l'anneau d'un.. travail pénible et insuffisant.

Le Catilina c'est... demandez-le partout où les mystères de la création ont été démontrés... demandez-le à ceux qui sont assez forts pour expliquer les lois fatales devant lesquelles doivent se courber tous ceux qui, pétris du même limon, trouveront un jour l'égalité dans la poussière du charnier !

Passons... et revenons à notre sujet.

Fatigué par le travail et les privations... le cœur de l'ouvrier s'aigrit enfin... il veut jouir, et c'est dans les joies de l'ivresse qu'il va chercher ses consolations.

Bientôt la misère devient plus profonde encore... mais il a trouvé dans l'alcool et dans les immondices de la barrière un surexcitant qui l'attire, ainsi que les profondeurs du gouffre font subir leur attraction à ceux qui ont l'imprudence de vouloir se pencher sur ses bords.

Dans cette voie et dans la hideuse compagnie qu'il a rencontrée, le malheureux voit bientôt l'instinct moral s'effacer de son cœur... Que lui importent ses enfants sa femme...! Ce sont, dit-il, les éléments primordiaux de sa misère... Il les voit souffrir sans s'émouvoir, son cœur s'est racorni, il n'a plus de tressaillements pour les misères des siens.

Il faut avoir été à même d'étudier de près les misères de la femme de certains ouvriers pour se rendre compte de tout ce qu'elles ont d'horrible.

Le samedi de la quinzaine arrive... onze heures du soir...! La femme et les enfants attendent... personne n'a soupé, le père a dû recevoir sa paie... mais il n'est pas rentré... — Dans quel cabaret peut-il être?...

A minuit le voilà qui rentre... Dans quel état, grand Dieu!... son œil est terne et farouche, il s'avance en titubant et en montrant le poing.

Chacun s'écarte, on tremble... on attendra qu'il se soit endormi pour chercher dans ses poches les débris de la somme qu'on lui aura donnée pour ses salaires: mais, les poches seront vides!... et... Je n'essaierai pas de dépeindre les angoisses de la malheureuse femme, et je ne vous dirai pas non plus comment elle arrivera à se pourvoir du pain nécessaire à sa nourriture et à celle de ses enfants... c'est un problème que je n'ai pas résolu.

La Providence! diront les *croyants cyniques*. Ils ont soin de ne jamais douter d'elle parce qu'elle les dispense de secourir leur prochain.

On ne meurt pas de faim, disent ceux qui sont repus...

On en meurt rarement en effet, mais le corps s'use et se détruit par les privations et l'excès de travail.

Il en est dont la vie tout entière n'est qu'une lente agonie!

Il faut avoir vu certaines choses pour bien se persuader qu'elles peuvent exister;

il faut suivre pas à pas certaines existences de femmes pour savoir ce qu'elles ont d'horrible, et ce qu'il doit leur falloir de courage pour conserver la force de supporter la vie et ne pas maudire..... la création !

En vertu de ses droits d'administrateur des biens de la femme, voyez-vous ce mari dont l'abrutissement peut seul égaler l'impudeur... Croyez-vous qu'il ait pitié des maux qu'endure sa famille affamée ?

Pour satisfaire aux besoins honteux de ses orgies avinées, il va vendre à vil prix, en l'absence de sa femme, le chétif mobilier de la maison, les draps, le matelas, les robes de la mère de ses enfants ! Quelque revendeur éhonté en fera son lucre.

C'est le droit du mari... Vienne la femme, elle sera impuissante à s'opposer à ce crime de lèze-humanité !

C'est impossible ! s'écrieront bon nombre de ceux qui me liront... ou si cela existe, c'est un fait isolé anormal.

Demandez aux employés des bureaux auxiliaires des monts-de-piété ce qu'ils en pensent ; prenez encore l'avis d'un de ces brocanteurs qui logent près des ruelles où s'abrite la pauvreté que suit fatalement le vice... et bientôt vous serez à même de vous convaincre que ces faits monstrueux se produisent tous les jours en plein soleil, et qu'ils sont pour ainsi dire dans l'ordre normal.

La chose la plus providentielle qu'il m'ait été permis de constater au milieu de ces misères horribles que nous coudoyons à chaque pas sans les deviner, c'est que la mort moissonne à pleine faux là où elles règnent et que le supplice de ceux qu'elles étreignent devient moins long.

Ce ne sont pas les jeunes filles qu'attirent les bals du grand monde, qui viennent peupler prématurément l'ossuaire, ainsi que le dit le poète auteur des *Orientales*, *des Odes et des Ballades* :

Il faut que le blé tombe au tranchant des faucilles

Oui, mais celles qui tombent fauchées

comme le blé mûr, ce sont les filles nées dans les langes de la misère, ce grand pourvoyeur de la fosse commune.

Elles ne sont pas *belles, heureuses, adorées;* ce n'est pas *au sortir d'un bal* que *la mort aux froides mains* vient les prendre...

Hélas! elles ne sont pas *toutes parées*, elles n'ont que des haillons, et avant de *s'endormir dans le cercueil* elles ont reposé sur un grabat, car souvent elles n'ont pas pu obtenir le privilége d'un lit d'hôpital!...

Tenez, cette jeune fille, elle n'a pas quinze ans ; élevée dans une ruelle humide et sombre, née de parents étiolés, nourrie par un lait vicié, ayant déjà souffert mille privations, elle travaille à une de ces machines sur laquelle sa poitrine étroite se rétrécit encore... Voyez comme ses joues sont creuses et pâles, sa main amaigrie, ses yeux ternes... Quelques mois de patience...

Elle a son suaire sur sa poitrine, il n'est pas besoin d'être membre d'une Faculté médicale pour le voir.

Celle-là était vigoureusement organisée, elle devait probablement se développer et grandir en résistant victorieusement aux fatigues qu'impose le travail... Mais un père que je ne qualifierai même pas du titre d'infâme... dans les excès de son intempérance a porté une main impudique et homicide sur la pauvre enfant!... Les dernières années de sa vie s'écoulent en long martyre... Elle aussi a son suaire sur sa poitrine!

— Je ne puis vous croire .. La rumeur publique... les gens du voisinage... on aurait souffert?...

— Les sages de notre siècle ont crié à qui a voulu les entendre :

Chacun pour soi, chacun chez soi...

— Mais la police ?...

— Heu, heu... Ses cent yeux ne peuvent pas encore voir et fouiller partout... Tan que le scandale n'est pas public...

Il n'y a guère qu'un apôtre de la charité capable de venir au-devant de certaines misères, pour en panser les plaies, d'arrêter

certaines monstruosités. Le service qui se
commande, la raison d'égoïsme, qui fait de
vertu prudence, n'ont rien de commun avec
l'apostolat.

Je n'essaierai pas ici de faire le compte
des pauvres femmes dont les yeux et les
mains s'usent chaque jour, pendant plus de
seize heures pour gagner, non pas de quoi
vivre, mais juste ce qu'il faut pour les empêcher de mourir.

Je ne signalerai pas l'égoïsme cupide de
ces grands faiseurs qui, pour gagner des
millions, pressurent encore les salaires des
malheureuses qu'ils emploient au rabais
faute de pouvoir faire fonctionner partout
les couseuses américaines.

Chacun reconnaît l'insuffisance du prix
accordé en rétribution du travail de la
femme, mais personne ne s'est avisé d'y
chercher un remède.

Les salaires de la femme sont insuffisants,
elle ne peut vivre et rester honnête qu'à la
condition de s'imposer mille privations, car
rien ne vient en aide à sa faiblesse, si elle

ne se double pas de quelque protecteur, dont le protectorat pourra souvent lui coûter un redoublement de misères de toutes sortes.

A chaque pas une difficulté se dresse pour la femme. — Elle veut vivre seule, — elle cherche un logement ?

Elle va se heurter à un portier qui lui crie que ce qu'il loue est une chambre *de garçon.*

Dans les ateliers elle est en but aux provocations du contre-maître, ce Lovelace au petit pied plus cynique encore que le dandy en frac à boutons ciselés. Souvent elle est obligée de payer l'impôt de la souillure pour conserver sa place au travail !...

A chaque pas nous rencontrons sur notre chemin quelques-unes de ces filles-mères, qui, abandonnées par les cyniques de bas étage qui ont effeuillé leur jeunesse, vont en haillons traînant par la main les pauvres enfants qu'une loi fatale leur a donnés...

Dieu sait seul par quelles misères elles ont été éprouvées, et le courage qu'elles déploient pour élever dans leurs haillons les petits êtres dont elles sont les mères.

Tristes images de la dégradation qui vient au nom de la loi de la misère. Chacun s'éloigne en les voyant... on se souillerait aux impuretés de cette misère... Passez donc, mais qu'on n'y insulte pas!

. Pensez-y bien, on ne lutte pas contre la fatalité, et en présence du cachet indélébile qu'elle imprime, il faut s'incliner et se découvrir, en remerciant Dieu de nous avoir préservés de son étreinte.

Élevées dans un milieu honnête, combien, hélas, sont tombées! entraînées par ces mille causes qui ne sauraient être appréciées que par ceux qui ont étudié de près la vie, et qui savent combien d'écueils sont placés sur le bord du chemin.

Dans tout ce qui touche aux faiblesses de la femme, on ne saurait jamais avoir trop de tolérance... car combien d'entre elles ont le droit de s'écrier :

Ce n'est pas moi; c'est la fatalité!

Ainsi, souvent, partis d'une position heureuse, certaines ouvrièrs arrivent, sans qu'on puisse leur reprocher un vice, une faiblesse, à tomber aux derniers degrés de l'avilissement de la misère et à perdre insensiblement le sens moral... Mais encore pour peu qu'un rayon de soleil, une amélioration, un espoir viennent à luire, et leur donnent quelque chance de se relever, elle recommencent à lutter, et quelquefois cette lutte se trouve couronnée de succès.

Mais il en est qui n'ont jamais connu le bonheur et qu'on a pour ainsi dire élevées au milieu des malédictions, dans les laideurs du vice greffé sur la misère chronique, et qui, comme nous l'avons dit, alors qu'elles étaient tout enfants, ont vu découvrir les nudités et les lèpres de leur mère par un père plus hideux encore.

Pauvres filles dont les oreilles n'ont entendu que des paroles obscènes et des malédictions, fatalement destinées à hériter de la misère et des vices du père !

Qui de nous n'a pas vu et ne rencontre pas, chaque jour, ces enfants précoces, un teint hâve, flétries avant d'avoir vécu, cyniques avant d'avoir touché à la vie, mortes à toutes croyances, à tout sentiment autre que celui des instincts brutaux, matériels !

On ne rencontre ces types-là que dans les grandes villes... et Dieu soit loué qu'il en soit ainsi ; car cette portion de l'espèce humaine est bien hideusement souillée, bien fatalement prédestinée à..... tout ce qu'il y a d'horrible à souffrir.

Vous n'avez pas fait le compte, et Parent Duchatelet lui-même n'a pas fait le bilan des misères de ces enfants fatalement livrés à la souillure.

C'est une belle chose que la charité qu court les mers, et qui se dévoue sur les continents lointains pour améliorer des hordes sauvages !

Il serait encore plus beau d'améliorer notre prétendue civilisation, qui laisse tuer des milliers d'enfants pervertis, dégradés par ceux-là même qui leur ont donné le jour.

Rien pour ainsi dire ne s'oppose à cette

dégradation. Le père élève ses filles comme il l'entend ; la mère ? eh bien, elle les pousse dans la voie fatale... elle les livre, elle les vend... pour un morceau de pain !

Elle les façonne pour le vol !

Puis, enfin, ces êtres prédestinés au malheur viennent s'asseoir un jour sur les bancs de la sixième chambre... Révolté de trouver dans des cœurs si jeunes tant de perversité et d'impudeur, le juge sévit rigoureusement.

C'est de la justice humaine, elle frappe ceux qui commettent les crimes, mais elle ne fait rien pour les prévenir.

D'ailleurs que ferait l'indulgence, si les éléments de régénération et de moralisation manquent.

Il faudrait une phalange compacte d'apôtres de la charité, et je ne vois que le gendarme et ce qu'on appelle la police des mœurs. *Proh pudor.*

Il n'y a que Triat l'athlète qui ait essayé de régénérer l'homme... *dans son gymnase de l'avenue Montaigne.*

CHAPITRE SEPTIÈME.

LES SERVANTES.

On n'a pas rendu justice à la domestique parisienne, à la femme de ménage, à celle qui entrètient vos salons ou vos boutiques... c'est un tort.

La domestique n'a rien de commun avec le laquais, cet être bâtard qui s'affuble d'une veste rouge, d'une culotte courte et qui porte la livrée du premier cuistre qui le paie... le laquais, un animal né pour être homme et qui se fait pilier d'anti-chambre complaisant des vices du maître, qui l'empâte et qui ie paie pour montrer sans doute jusqu'à quel point il est permis de faire bon marché de la noblesse que le créateur a donnée à chaque homme qui n'est pas abâtardi.

Certains faiseurs de statistiques ont prétendu que la lorette vieillie passait souvent à l'état de femme de ménage... C'est là une grossière erreur.

La domestique se fait souvent lorette.

La lorette ne se fait presque jamais *serviteur de la maison*, elle ne le pourrait pas, elle n'aurait aucune des qualités nécessaires pour cette profession... car, qu'on ne s'y trompe pas, les domestiques de Paris sont de laborieuses ouvrières, et elles n'existent qu'à cette condition.

La domestique parisienne est généralement écrasée d'ouvrage ; et on lui demande une série de talents qui seraient vraiment dignes d'un meilleur sort.

Faire la cuisine, coudre, repasser, coiffer madame, faire le ménage et souvent soigner les enfants on n'en demande pas moins chez certains petits bourgeois, qui, pour comble, pèsent le pain et rationnent les malheureuses que les placeurs leur donnent, moyennant un louage qui varie de 250 à 300 francs l'an.

La domestique qui fait tout dans une maison, est vraiment un souffre-douleur auquel on ne saurait tresser trop de couronnes.

Les filles d'auberge, les servantes de boutiquiers ne sont guère mieux partagées, les heures de repos qu'on leur accorde sont sordides... Il faut toute la vigueur de la jeunesse pour résister à cette vie d'esclavage et de labeurs incessants.

En s'élevant de quelques degrés, la position de la domestique s'améliore.

La cuisinière bourgeoise est mieux rétribuée; elle travaille beaucoup moins, elle a plus de liberté, elle en profite souvent, car elle a toujours un ou plusieurs cousins, garde impérial, ou municipal.

La femme de chambre, qui, dans la hiérarchie tient le haut pavé, mieux mise

plus policée et beaucoup moins occupée
que les autres domestiques, vaut évidemment beaucoup moins : les vices des maîtres déteignent sur elle ; elle acquiert bien
rarement un reflet des vertus qu'ils peuvent
avoir.

Elle fait commerce d'amitiés avec le cocher ou l'officieux de monsieur... monsieur
lui-même a quelquefois des bontés pour
elle, et il lui donne alors une petite dot.

Après elle devient épicière ou maîtresse
d'hôtel meublé.

Quand j'ai dit que les lorettes ne deve-
naient jamais servantes, j'ai fait erreur.

De trente-cinq à quarante-cinq, elles
prennent quelquefois une spécialité ; ce
sont elles qui invariablement font insérer
cette réclame dans les Petites Affiches :

« Mademoiselle S... *sachant faire la cuisine
et coudre, désire se placer chez une personne*
SEUL. »

L'immense majorité des domestiques parisiennes sont laborieuses, et surchagées d'un travail au-dessus de leurs forces.. Elles ne savent jamais à quelle heure de la nuit elles pourront se reposer... Sans les servantes, je ne sais trop ce que deviendraient les bons bourgeois de Paris... Grands dieux ! comment feraient ces dames ? par en haut bien entendu.

La domesticité de la femme est lourde à supporter, mais au point de vue des salaires c'est peut-être la seule profession où il soit permis de faire quelques économies.

Tout compte fait, la domesticité enrichit bien rarement celles qui y ont usé leur vie, et parmi les élues appelées à jouir du bien-être il ne faut pas compter les servantes de la bonne ville de Paris.

CHAPITRE HUITIÈME.

LES LORETTES.

Cette classe distincte, qui a pris son droit de cité depuis quelques années seulement, est un des types les plus curieux qu'on puisse étudier dans la vie parisienne.

Elles ont été tour à tour l'objet d'un enthousiasme immérité et d'une diffamation souvent flagrante. Pourquoi?

Parce que, sans doute confondues dans des catégories auxquelles elles n'appartiennent pas, la lorgnette de l'observateur inhabile s'est arrêtée ailleurs que sur celles auxquelles on peut donner ce nom.

Il ne suffit pas d'être jolie et de mœurs faciles pour appartenir à la catégorie des lorettes... car à ce compte il suffirait à la femme de se lancer sans vergogne dans la corruption, *non cloîtrée*, pour devenir lorette : et certes, il n'en est pas ainsi.

Il ne faut pas non plus confondre les lorettes et les *biches*.

La lorette est d'une classe plus élevée..... et cependant la biche, n'ayant plus l'âge qui lui permet d'être biche, peut s'élever au rang de lorette, si son intelligence et sa bonne étoile le permettent.

Depuis 1830, année fameuse par le changement qui a commencé à s'opérer après *l'explosion des trois jours*, on a vu s'amoindrir, s'effacer et disparaître complètement la grisette, cette vive, généreuse, énergique et débraillée compagne de l'étudiant d'autrefois.

Je me la rappelle encore, avec son bonnet à rubans, son petit châle, son jupon cour et ses souliers découverts attachés avec des rubans de soie; elle donnait la vie au vieux quartier latin, aujourd'hui croulé !

Nous dansions à la Chaumière, puis le soir nous revenions en criant et chantant... M. Prunier Quatremère nous mettait quelques heures au *violon*... C'était le bon temps...

Bohain était au *Figaro*. Il y avait un journal qui s'appelait *le véritable Mayeux*.... on s'amusait à Sainte-Pélagie... l'incomparable Lequeux philosophait..... nous avions des duels et nous logions à seize francs par mois (avec Louisette), rue des Grès, place Cambray ou rue des Mathurins.

Vingt fois pour vous j'ai mis ma montre en gage.

La crinoline ne trônait pas en souveraine... Nous allions dîner chez Rousseau l'*aquatique*... et quand nous étions riches chez Flicotteaux.

Oh ! c'était le bon temps.

Mais, hélas !... il n'y a plus de grisettes à Paris, plus d'étudiants ! O quartier latin, qu'es-tu devenu ?

Deux choses impossibles à trouver à Paris... c'est une vraie grisette, un vrai chien
carlin.

En revanche nous avons Bréda street.

Bréda street, le berceau de la lorette, cette
grisette améliorée ou dégénérée, les deux
termes sont applicables suivant le point de
vue sous lequel on veut l'envisager.

Si c'est sous le rapport du cœur, de
l'énergie et de la philosophie qui fait nar-
guer la misère et les préjugés, vivre gaie-
ment au jour le jour, en prenant les choses
comme elles viennent? la lorette est de cent
piques au-dessous de la défunte grisette.

Si c'est comme question de goût, de coquetterie, d'élégance et de drôleries fémi-
nines? la grisette est distancée de tout l'espace qui sépare l'enfant de la nature et
l'homme policé.

Comment se sont créées les lorettes?
dites-le moi.

Comment avons-nous la télégraphie élec-
trique, les chemins de fer, le gaz, la photo-

graphie... et tout ce qui se succède comme luxe et progrès depuis trente ans.

La lorette... c'est la fille de votre portier ou celle du cordonnier en échoppe... c'est celle de votre revendeuse ou du suisse de la paroisse... c'est tout ce qu'il vous plaira; sauf dix mille actions sur la dette inscrite.

C'est la débauche! la prostitution! crie un rigoriste.

Tout beau, mon maître... C'est l'esprit féminin du dix-neuvième siècle.

La lorette, c'est le pendant du coulissier ou de l'agent de change, c'est l'intelligence par en bas, qui agiote sur l'art féminin qu'elle possède et qui bat monnaie de son intelligence féminine, comme l'agent de change calcule et aide à la variation des cours.

La spéculation racornit le cœur; rien de hideux moralement comme l'agio, rien d'impitoyable comme le chiffre, rien d'immoral comme certaines spéculations.

Cependant les vertueux s'y livrent.

Un peu de tolérance pour la lorette, qui

est votre sœur et qui vous vaut à tous égards, messieurs de la spéculation.

Si vous pouviez vendre votre âme, la chose ne se ferait guère attendre... si votre corps pouvait... parbleu! vous feriez comme la lorette... et encore plus bas.

Pour en revenir à elle, nous dirons donc que c'est tout bonnement une fillette rusée qui s'est aperçue que mademoiselle X***, qui revient de pension, est une grande niaise qui, malgré ses maîtres et sa fortune, n'a ni grâce ni esprit; elle voit qu'avec sa pauvreté et un peu d'art elle est mille fois plus attrayante qu'elle.

C'est si visible, que le prétendu de la demoiselle riche le reconnaît le premier, et il *fait prime* pour la fillette qui, à défaut de dot, pour se mettre à la hauteur de la civilisation, se laisse coter, et une fois reconnue comme *valeur*, met toute son habileté à faire monter... les cours.

Il y a du génie dans la véritable lorette : elle serait artiste si elle n'était pas dans l'obligation d'être sans cœur.

Sortie des conditions les plus infimes, en quelques mois elle se fait aux habitudes *du grand excentrique*; on dirait qu'elle a toujours été habituée à cette vie. A peine est-elle dépouillée des haillons de sa position première, elle donne le ton, elle invente, elle crée les modes et tous les riens coquets et provoquants.

Elle ne recule devant aucun sacrifice pour se rendre attrayante et pour se faire un entourage de luxe apparent.

La lorette transforme volontiers son jeune frère en groom, son père est parfois son cocher... *au rabais...* sa mère... devinez, si vous l'osez.

Elle étonne par sa prodigalité et par le nombre des choses qu'elle dévore. On assure que si elle gaspillait moins elle ne séduirait pas. Ne faisant pas de folies, les autres n'en feraient pas pour elle. C'est possible.

C'est une curieuse chose à observer que la fière attitude de la *haute lorette* qui, des derniers rangs de la classe pauvre, s'est élevée par un coup de dé heureux au premier rang de l'aristocratie des écus.

Voyez madame la comtesse de....., elle a un million de revenu, elle passe pour une lionne dans le cercle de son aristocratie; ses chevaux sont magnifiques, sa berline est d'un goût exquis. Elle est parée comme les vingt ou trente millions qu'elle représente.

Mais voilà une voiture dont le luxe écrase le sien; ses chevaux deviennent mesquins en présence de l'attelage splendide qui s'élance comme un trait en chassant au loin la poussière.

Dans cet équipage, il y a une femme vêtue de telle façon que sa mise est indescriptible; c'est la fantaisie du luxe poussé aux dernières limites; c'est le dernier raffinement de la coquetterie..... c'est un rêve!

Madame la comtesse et ses millions n'atteindront jamais la hauteur de cette mise fantastique; elle jalousera et copiera imparfaitement sa rivale, qui ne sera autre qu'Iléloïse Larfaillou, la fille de la marchande de radis de la barrière des Amandiers !

Qu'on ne se le dissimule pas! c'est la lorette qui donne le ton aux dames de la capitale... c'est un fait acquis.

La lorette est extravagante ; mais ses extravagances de costume, qu'elle renouvelle à chaque instant, sont aussitôt calquées par les dames du monde honnête. On dirait qu'à tout prix elles veulent se faire prendre pour... ce qu'elles ne sont pas.

En comparant la lorette à l'agioteur, on ne saurait trouver un parallèle plus exact.

Moralité, audace et façon d'être sont en parfaite harmonie. Ils courent les mêmes chances, avec le même entraînement.

Tous deux sont la vie factice de Paris.

La lorette, qui vit en spéculant sur les vices de ceux qui l'entourent, est également entourée par le commerce *honnête* qui spécule sur ses immoralités pour en faire sa curée.

Le *commerce honnête* tond et vole impi-

6

toyablement la lorette ; il la harcelle et caresse ses vices pour lui vendre à crédit.

Marchand de meubles,

Tapissier,

Horloger,

Marchandes à la toilette,

Coiffeur,

Maître de chant, etc., etc.,

Sont autant de vampires qui lui sucent le sang artériel ; mais qu'on se rassure, ce sang est celui qu'elle a sucé à ceux qui sont venus près d'elle chercher les délices... de Capoue.

La lorette donne la mesure de ce que peut la femme intelligente qui se *résigne* à employer les séductions que la création à mises à sa disposition.

Afin de les mieux faire ressortir, elle va parfois les étaler sur les théâtres secondaires, ou elle se fait encataloguer.

Si elle était comédienne, elle ne serait plus lorette, car on ne peut courir deux lièvres à la fois.

Une comédienne de mœurs aussi élastiques qu'il vous plaira de la doter, n'est pas lorette.

En somme, la lorette est vraiment une des femmes les plus attrayantes de la création parisienne.

Ce ne sont pas les jeunes lorettes qui sont les plus appréciées, ce ne sont pas elles qui font faire le plus de folies.

Sans intelligence, la femme n'est pas lorette; jeune, *elle est biche*; en vieillissant elle est... au bureau des mœurs.

Rigolboche, Alice, etc., ne sont pas des lorettes.

La lorette qui passe trente ans, et qui a su se maintenir dans une bonne position, est à peu près sûre de l'avenir.

Elle a toujours des protecteurs sérieux qui ne lui feront pas défaut, elle a acquis une telle expérience de la faiblesse humaine et tant d'habileté pour en faire jouer les ressorts, qu'elle enfante des prodiges.

La lorette a le talent de vieillir lentement, et comme ceux qui la connaissent vieillissent comme elle, elle conserve toujours ses avantages sur eux.

La lorette vieillie, que vous visitez le matin, s'excuse toujours de vous avoir reçu en négligé : elle vient de se lever, elle n'est pas coiffée.

Elle n'a en vérité que l'apparence du désordre, elle est déjà armée de toutes pièces, de toutes ses séductions.

Ceux qui sortent ne se sont aperçu de rien : ils l'ont trouvée charmante.

Ils ont raison, elle a de l'expérience et de l'esprit.

La vieille lorette enrichie fournit peu de types, puisque la création est nouvelle.

Elle sera probablement fort considérée, les cloches carillonneront à toute volée à son enterrement.

Que deviennent les lorettes qui périclitent ou disparaissent de la scène?

Quelques-unes se marient dans de bonnes conditions; une fois casées, elles sont la personnification de l'ordre en conservan

leur esprit et une partie de leurs agré-
ments... elles deviennent dames.

D'autres, entraînées par la martingale fu-
rieuse du terrible jeu qu'elles ont tenu,
tombent écrasées sous les débris de leur
luxe et ne se relèvent plus. L'huissier les a
brisées; elles descendent toujours, toujours.

Il en est encore un certain nombre qui
meurent à la fleur de l'âge, pour avoir trop
vécu.

Quelques-unes se contentant de peu, se
casent dans un petit magasin et exercent
bourgeoisement une petite industrie. Un
monsieur âgé les protège ordinairement:
elles auront une part dans son testament.

La lorette a certainement quelquefois à
subir de dures épreuves, mais le tourbillon
dans lequel elle se laisse entraîner lui donne
une vie d'émotions fiévreuses qui ne doit
pas être sans charme.

Si parfois elle a ses déceptions et ses douleurs, elle a aussi ses jours de joie et de
triomphe.

Retirez aujourd'hui les lorettes au beau

Paris, et il deviendra morose ; ôtez la Bourse et les lorettes, et il deviendra désert.

Qui donnerait le ton aux grandes dames ? qui égayerait nos boulevards et nos Champs-Élysées ?

Qui nous ferait damner, avec ces modes impossibles qui nous donnent le droit de nous poser en victimes ?

Et aussi, disons-le, comment pourrions-nous reconnaître les anges si nous n'avions pas près de nous quelques malins démons ?

Il n'y a peut-être qu'un gros grief à articuler contre la lorette :

C'est qu'en général elle est sans cœur.

Voyez comme en tout point elle ressemble au boursier.

CHAPITRE NEUVIÈME.

LES FEMMES TOLÉRÉES.

Nous voilà arrivés au bas de l'échelle, à ce point où il est impossible de descendre encore !

En touchant à cette misère, j'essaierai d'en faire l'analyse ; je me garderai d'y apporter une insulte. On peut s'éloigner d'un foyer de contagion ; mais il faut penser que même encore quand elles sont arrivées à ce dernier degré d'abaissement, dans ces groupes de femmes perdues dans la fange du lupanar, se trouvent aussi de pauvres créatures fatalement entraînées qui se sont cramponnées en vain aux glissantes parois des bords de l'abîme où les poussait le dénûment et l'abandon.

A quelles sources vont se recruter les phalanges compactes de ces malheureuses filles, tristes aventurières du pavé boueux de nos cités ?

Impitoyable adversaire, la fatalité qui creuse les hontes, prélève ici sa dîme dans toutes les classes, et la fortune est le seul plastron qui puisse garantir sûrement de cette souillure que dispense dans *sa sagesse* le bureau qu'on appelle le commissariat de la police des mœurs.

En consultant les archives de ce même bureau, on pourrait constater que, sur les cartes qu'il a délivrées, il a inscrit bon nombre de noms se rattachant à des familles portant de glorieux blasons, à des princes de la finance, à des gloires industrielles et marchandes, à... Une loi de la création veut que chacun sur terre ait sa part de honte et de douleurs.

Paris, plus que toute autre ville de France, est fatal aux filles pauvres ; au milieu de ces mille bruits de la rue, on n'entend pas les cris de détresse. Et d'ailleurs, dans ce profond égoïsme des opulentes cités, l'immense majorité de ceux qui les peuplent passent indifférents et s'éloignent quand quelque chrétien, dans la détresse, fait entendre sa voix plaintive.

Ne venez pas chercher ici l'hospitalité des temps antiques.

A Paris l'hospitalité se vend et ne se donne jamais.

Que le malheur veuille qu'une pauvre fille n'ait pas d'asile... Orpheline, étrangère, elle aura cherché en vain à utiliser ses bras. Les placeurs ne lui auront pas trouvé d'emploi ; à bout de ressources, la voilà obligée d'errer.

A quelle porte ira-t-elle frapper ?

Quelle institution généreuse, fonctionnant au nom de la solidarité chrétienne, viendra en aide à cette honnête misère?... Je cherche à quel endroit pourra aller s'abriter la pauvre fille... je ne trouve rien...

Ah! j'oubliais : je trouve la chambre grillée au-dessus de laquelle luit la lanterne rouge du bureau de police et la menace des articles 269 et 271 du Code pénal!

Je suis bien loin de médire de dame police; depuis M. Vidocq, elle s'est singulièrement améliorée! je m'empresse de reconnaître que le sergent de ville, recruté en partie dans les rangs des soldats libérés du service avec de bonnes notes, laisse fort peu à désirer à tous égards. Mais je le demande, cette police spéciale des mœurs, qui aurait besoin d'être faite par des hommes spéciaux, experts dans la connaissance de la vie, est faite par le premier venu des soldats de la légion chargée de veiller à la sûreté des nuits de la capitale.

Pour ceux dont la vie a été toujours exempte d'orages, et qui, élevés dans le giron de la famille, n'ont jamais connu ces misères noires qui parfois viennent flétrir les plus honnêtes, il paraît incroyable qu'une jeune fille puisse, sans avoir péché, se trouver errante et sans asile.,..

Oui, cela étonne; et cependant souvent c'est ainsi !

Toutes les errantes de nuit ne sont pas les filles de la débauche, sachez-le bien.

Souvent le médecin chargé de surveiller la contagion de la syphilis, a pu constater l'intelligence de l'agent qui traînait sur le fauteuil de cuir une fille vierge, accusée d'avoir *provoqué* sans autorisation du bureau des mœurs!...

Plus loin encore, voyez-vous ce chirurgien brutal, blesser avec le hideux instrument que je ne veux pas nommer, une pauvre malheureuse enfant qu'on a entraînée à cette horrible Clinique, malgré les cris qu'elle poussait... une autre vierge encore! que le père, fou de rage, viendra réclamer... dix minutes trop tard!...

Il n'y a donc pas de répression pour de pareils actes?

Hélas! on a fait erreur; d'ailleurs ces faits, si parfois ils pouvaient appeler une enquête et un jugement, tomberaient dans la série des crimes ou délits mentionnés par l'article 364 du Code d'instruction criminelle.

L'agent et le docteur n'auraient rien à redouter.

A quoi tiennent les destinées de la femme?

A un fil plus léger que celui de l'épée symbolique de Damoclès...

Combien il en est de ces pauvres fil-

les qui, le soir, assises sur ces bancs qui
garnissent les boulevards de ceinture et
pensant à leur misère, se sont vues accos-
tées par un de ces hommes sans nom qui
venaient les tenter... Elles avaient le malheur d'accepter le bras qui leur était of-
fert; alors ce bras les étreignait comme
dans un étau, et elles se voyaient entraîner... vers le poste voisin... — *Vous êtes
servie*, leur criait le séducteur émérite en
les poussant dans la prison provisoire...

Le lendemain les portes de Saint-Lazarre
voyaient encataloguer une fille soumise de
plus!

Cela se faisait naguère; une prime était
accordée en récompense à l'habile agent....
— Ce hideux mode de recrutement est-il
encore en vigueur?

J'ose espérer que cette laideur a été ra-
diée.

O l'horrible chose que la misère, pour la

femme qui se trouve perdue dans un Paris !

Citons une petite histoire arrivée il y a deux ans à un mien ami.

Il était environ onze heures du soir ; c'était par une des dernières belles soirées d'automne, notre ami flânait sur le boulevard de Clichy.

Il aperçoit deux femmes qui se promenaient le long du mur d'enceinte, il s'approche d'elles... mon ami cherchait... fortune.

La plus grande, qui avait d'assez bonnes manières, lui dit avec une certaine émotion :

— Monsieur, mon amie que voilà est sans asile ; mon mari m'a défendu de la loger plus longtemps chez nous, et je suis dans l'impossibilité de lui venir en aide... Elle a soupé avec nous ce soir... mais demain elle n'aura pas de quoi déjeuner... Si vous voulez l'emmener et lui être utile, vous ferez une bonne action. Victorine est une bonne travailleuse et une honnête fille, mais... il faut bien céder devant la nécessité...

Mon ami prit le bras de Victorine qui tremblait, et son amie s'éloigna.

Il avait à peine vu son visage, il l'emmena au café d'Orient prendre un thé. Alors il put voir que celle qu'il avait rencontrée avait une mise décente, des façons honnêtes et vingt ans à peine, de plus elle était jolie.

Notre ami, malgré le débraillé de ses habitudes, est homme de cœur, et il fut navré en voyant la résignation désespérée de cette femme qui, au hasard, s'était jetée à sa merci.

Elle m'appartient par la loi de la misère, pensa-t-il... Je n'en abuserai pas.

... Il loua une chambre pour quinze jours à cette pauvre délaissée, il lui donna quelques menues pièces et il lui souhaita le bon-soir.

Le lendemain il vint lui demander à quoi il pouvait lui être utile et ce qu'elle comptait faire... Elle désirait entrer en place, avoir des répondants et un livret.

Il lui fit avoir tout cela, et la plaça comme femme de chambre dans une bonne maison.

Elle y est restée pendant près d'un an à la satisfaction de ceux qu'elle servait... Puis elle a changé de place et notre ami l'a perdue de vue.

Il n'a jamais été récompensé du petit service qu'il avait rendu... Mais il nous a avoué qu'il avait presque regretté sa continence, et qu'il avait espéré retrouver plus tard ce qu'il avait refusé, par respect pour les misères humaines !...

Cependant Victorine lui devait bien quelque chose, il lui avait évité probablement la honte du fatal fauteuil de cuir... et une vie de dégradation.

Il faut ajouter que toute excellente chambrière qu'elle est, Victorine se promène avec un sapeur de la garde impériale, qui doit être son cousin ; c'est cela qui pèse sur le cœur de notre ami et qui l'a rendu furieux ; néanmoins, la chose serait à recommencer, il agirait encore de la même façon.

L'homme prend bien souvent la femme en pitié ; mais, la femme est presque toujours impitoyable pour la femme. Celle-là même qui par miracle a échappé à une souillure, est plus impitoyable encore pour celles qui, moins heureuses, ont succombé, ou n'ont pas pu cacher la faute dont elle a su faire disparaître la trace.

Généralement aussi ce n'est pas l'homme qui perd la femme... Les femmes se perdent entre elles, et les agents les plus puissants de dépravation appartiennent au sexe féminin.

Quels sont les recruteurs hideux de la débauche ? A qui appartiennent ces maisons aux persiennes toujours fermées, dont le rez-de-chaussée dépourvu d'enseigne fait reconnaître sa spécialité par un numéro aux proportions collossales ?

Quels sont les entraîneurs des servantes fraîches et jeunes nouvellement débarquées, les limiers de débauche qui se glissent furtivement jusques dans l'arrière-boutique du marchand, et qui même sous l'œil de la mère viennent tendre leurs piéges et corrompre les filles imprudentes et naïves ?

O honte ! ce sont des femmes... Si toutefois on peut encore leur donner ce nom...

Ce sont des femmes... et quelques-unes ont une patente... presque un brevet...avec garantie du bureau de la police des mœurs !... qui les désigne sous le nom de... matrones.

La matrone est ordinairement une grosse

femme à la figure enluminée, ayant le sourire sur les lèvres, la voix rauque, l'œil vif
et dur...

C'est le vampire féminin... la bête décrite
par saint Jean l'Apocalypse est moins hideuse
qu'elle...

Il faut être réprouvé pour associer son
existence à celle d'un pareil être.

Il s'en trouve cependant qui affronten
cette souillure...

La matrone se fait ordinairement épou-
ser par un ancien limier de la police des
mœurs !

J'ai vu, il y a quelques années, des An-
glais pendre haut et court, au bout d'un
filin *élongé* aux basses vergues, de bons
Espagnols qui avaient quelque peu vendu
la chair *noire humaine*.

En bonne justice, un *bout de cartahu* serait bien employé pour récompenser cel-
es qui prélèvent ainsi leur dîme sur la

corruption et la dégradation de la race humaine.

Des négrophiles m'ont assuré que c'était bonne justice que de pendre les trafiquants de la chair humaine. J'aimerais à voir pendre les trafiquantes ; mais celles qui, loin d'avoir été fatalement entraînées, ont pris elles-mêmes soin de courir au-devant du vice pour s'y vautrer à loisir?

Il en est sans doute ainsi pour quelques-unes ; mais, je le dis, elles comptent parmi les anomalies que la paresse (ce vice fatal entre tous les vices) engendre en détruisant le sens moral.

Il en est, qui, pour ainsi dire nées, bacchantes et ribaudes, passent ainsi leur vie sans comprendre même à quel état d'abjection elles sont réduites.

Elles vivent de la vie du désordre, de l'orgie..... elles se meuvent, pareilles à la brute, au niveau de laquelle elles se sont ravalées. — Passons et détournons la tête avec le dégoût que doivent inspirer ces laideurs de l'imperfection humaine.

Mais ce sont les minorités infimes que celles-là représentent, et l'immense majorité de celles qui font le sujet de ce chapitre ont bien souffert, avant d'arriver sous la férule de cette tolérance qui les flétrit et les met à la merci de je ne sais combien de gens qui, chargés de refréner la déban font leur curée de cette même débauch prélevant sur elle un impôt illégal.

Malheureuses filles vouées au mépris de ceux-là même qui sont heureux de leur marchander des joies au rabais : passez au milieu des huées de cette foule cynique qui hurle vertueusement au scandale.

Elle se rangera avec déférence devant la hideuse matrone qui vous aura livrées à ce vieux roué lascif, qui vous a poussées au trottoir !...

Le vice le plus hideux n'est pas celui qui

se montre sur les pavés de nos rues... les experts en lâchetés appartiennent souvent à de plus hautes régions... Les grands poètes eux-mêmes ont prostitué leurs amours...

Vous souvient-il de la malheureuse femme de ... livrée à la police par le célèbre...; Puis encore..... cherchez quelque chose d'énorme que vous trouverez dans le drame contemporain des dernières années de l'illustre M... dont un ministre dévoila les turpitudes.

Pitié donc pour toutes ces malheureuses..... dont vous ne savez pas l'histoire intime ; la cause de leur abjection peut trop souvent s'attribuer à d'autres peu soucieux du mal qu'ils ont fait. Ils passent triomphalement et se vanteront encore des prouesses dont ils se seront couverts.

La société vit avec ses préjugés... ses préjugés font quelquefois sa force et son salut.

Mais la sagesse du préjugé n'est qu'une

sagesse relative qui s'éloigne souvent des véritables lois de justice, pensez-y bien.

Aussi quand, dans quelque ruelle sombre, il vous arrivera de rencontrer une de ces malheureuses filles qu'Esquiros a désignées sous le nom de vierges folles; au lieu de lui prodiguer le mépris et l'injure, plaignez en elle la fragilité de la création... puisque la fatalité peut faire que, roulant au pied de l'échelle sociale, ses plus brilantes œuvres aillent se débattre et agoniser dans la boue en cherchant un morceau de pain!

———

Où se trouve la moralité du livre que vous avez écrit et dans quel but avez-vous tracé cette esquisse physiologique? diront probablement quelques-uns de nos lecteurs.

Notre réponse ne se fera pas attendre.

L'intérêt qui s'attache à la femme, créature faible, capable tout à la fois du plus grand dévouement, de l'abnégation la plus complète et des plus grandes énormités, s'est amoindri, en mainte occasion, par le fait de la femme heureuse, qui a poussé l'homme, à abandonner sans pitié celles que Notre-Seigneur le Christ relevait en disant : *Allez et ne péchez plus.*

Il est du devoir de l'homme de protéger la femme, et surtout de redresser le sens moral qui se fausse chez elle sous l'impression du moment, et qui est cause qu'elle fait à chaque instant trop bon marché de ses droits.

Les lois modernes, dira-t-on, tendent chaque jour à lui donner de nouvelles franchises.

A côté de cette place au soleil qu'on semble vouloir lui accorder, le législateur oublieux a toléré qu'après avoir donné à la femme le pain de l'âme, on lui enlevât le pain du corps.

A cette question d'économie sociale que nous n'aborderons pas, par respect pour les droits du timbre, nous avons voulu remplacer la raison morale qui pourrait victorieusement remplacer la première, si la loi morale pouvait devenir une vérité comprise.

Chaque jour, le caractère de la femme est avili par des traducteurs crétins ou cyniques qui le torturent dans les livres roses qu'ils publient. — Nous avons voulu établir la vérité, non pas comme l'anatomiste Parent du Châtelet, dans un détail statistique, mais au point de vue du fait moral apprécié dans l'ensemble.

On ne saurait nier le vice, mais ceux qui le stigmatisent en frappant celles qui le colportent, ne se sont presque jamais bien pénétrés des causes qui peuvent lui être une excuse.

Des justiciers trop sévères sont aussi dangereux que ceux qui tolèrent toutes les laideurs.

Une tendance des faiseurs de livres roses semble les pousser à se dégrader eux-mêmes, en doublant la honte de certaines filles du cynisme de leur plume et de leurs théories.

Nous avons voulu rendre hommage à la vérité, en prenant la contre-partie de leur morale.

Si flétrie que soit la femme, elle tient toujours à la femme pure par quelque lien intime en dehors même de celui-là que rappelle l'unité de création.

Femmes vertueuses, ou réputées telles, n'écrasez donc pas celles qui sont déchues... Souvenez-vous qu'il ne faut qu'un choc pour briser l'aile d'un ange, et pour l'empêcher de monter au ciel.

Respectez la misère de la femme, et relevez, quand vous le pourrez, celles que vous trouverez agonisantes sur les chemins.

Pécheurs nous sommes en naissant.

Qui veut consulter sa conscience et se rendre justice, la trouvera souvent bien lourde de péchés qu'on a pu cacher au monde, mais qui n'en sont pas moins autant de taches qui se retrouveront un jour sur le livre ouvert du dernier jugement.

Pour contrebalancer cette dette néfaste, il est un moyen que Dieu nous enseigne, et une morale que prêchait sans cesse le vieil apôtre Jean :

« Aimez-vous bien les uns les autres, mes petits enfants. »

Si vous aimez vos semblables, vous serez charitables, et vous aurez pour vous sauver l'égide d'une des trois vertus qui viennent de Dieu; puis encore que les heureux, dont la vie est exempte de reproche, interrogent leur conscience, et se demandent ce qu'ils auraient fait si la hideuse misère les avait écrasés sous son talon de fer.

CHAPITRE DIXIÈME.

LA QUÊTEUSE DES PAUVRES.

O charité, grâce que le ciel donne,
Et que le siècle a fait rare aujourd'hui,
Pour tes vertus la première couronne,
Dieu te commande et ta loi vient de lui :
Donnez beaucoup, heureux de cette terre,
Il est si doux d'avoir un jour bien fait,
Venez toujours en aide à la misère :
La charité, mes maîtres, s'il vous plait.

La charité : qui sait un jour encore
Si tous vos biens, à grand peine entassés,
Sous l'agio, ce fléau qui dévore,
Ne seront pas en d'autres mains passés ?
Riches et gueux permutent à la ronde.
Le lendemain, qui de nous le connait ?
Rien n'est certain dans les splendeurs du monde ;
La charité, mes maitres, s'il vous plait.

Chacun pour soi ; charité, que m'importe,
Fille du ciel, passez votre chemin,
Chacun chez soi ; je veux fermer ma porte
A tous ces gueux qui vous tendent la main,
Chacun son lot, son travail, sa ressource ;
Dans les laideurs mon esprit se déplait :
Allez ailleurs qu'aux abords de la Bourse.
La charité, mes maitres, s'il vous plait.

J'ai vu plus tard l'égoïste cynique
Qui refusait l'assistance au malheur,
Pauvre, en haillons, adresser sa supplique
Aux compagnons de ses temps de splendeur :

Mais sans vouloir écouter son martyre
Sur son chemin partout il éprouvait
Qu'en certains lieux c'est en vain qu'on veut dire
La charité, mes maitres, s'il vous plait.

Donnez, donnez l'obole à Bélisaire,
Et de saint Jean retenez les leçons,
Aimez-vous bien, puissant ou prolétaire ;
De Béranger répétez les chansons :
Toujours au cœur charitable on pardonne,
Donnez souvent et vous aurez bien fait :
Si vous voulez qu'un jour le ciel vous donne,
La charité, mes maitres, s'il vous plait.

CHAPITRE ONZIÈME.

EXEMPLES, — PRÉCEPTES, — CONCLUSION.

Il n'est pas besoin d'être habile anatomiste du cœur humain, pour reconnaître combien les affinités et la nature de la femme tendent à la conduire sur une voie fausse, dans laquelle une fois entrée, un préjugé absurde fait que la société prend à tâche de lui rendre impossible un retour vers l'obéissance aux exigences sociales.

Le droit français admet, dans les crimes commis par des garçons au-dessous de seize

8

ans, le fait d'excuse, et la question de discernement est appréciée par la Cour.

Eh bien! quand la jeune fille, dont la nature est faible, vient à succomber à une séduction, malgré les seize ans qu'elle n'a pas atteints chacun lui jette la pierre, on la repousse, et c'est tout au plus si on ne battra pas des mains au *brillant exploit* du séducteur émérite qui l'aura perdue.

Pas d'excuses, pas de circonstances atténuantes pour la femme, voilà le principe.

Nous avons vraiment, en France, une singulière façon d'interpréter la morale. Au lieu de saluer chapeau bas la malheureuse fille qui élève l'enfant sans nom, qu'elle nourrit au prix de mille privations... on lui fait boire sa honte, et quand il s'agit du père qui abandonne l'enfant naturel dont il ne conteste pas l'origine, on trouve cela tout simple... M. le maire, orné de son écharpe, n'ayant pas légalisé le devoir paternel!

Les rois Rodrigue font les comtes Julien, dit le poète.

Les infanticides ne sont pas toujours les filles-mères qui, dans leur fièvre de désespoir, ont, sous leurs mains crispées, tué l'être infortuné qu'elles venaient de mettre au monde.

Étranges contradictions dans la nature humaine, et ce qu'on appelle le devoir !

Voyez cet homme ; il est impitoyable et sans cœur pour des enfants qui sont les siens, mais qui sont le fruit d'*une folie de jeunesse.*

Il a maintenant le bonheur d'être époux légal... mais de cette légalité sont issus des fruits dont lui-même a failli récuser la... collaboration.

En fait, *le fait* est litigieux.

O puissance de l'écharpe de M. le maire ! Le fait litigieux recevra tous les soins, toutes les caresses, il héritera de tous les droits et priviléges... tout pour lui.

L'autre... il pourra tomber râlant la misère au coin de la borne... les folies de jeunesse n'obligent pas... l'*honnête homme légal*.

Rappelez-vous le mot de ... le haut cynique.

Un jour qu'au milieu de ses *vertueux* amis, il venait de descendre de sa chaire (non pas apostolique) mais d'enseignement, une jeune femme d'environ vingt ans passe à côté d'eux... la garde l'emmenait.

La malheureuse, poussée par la misère, avait accepté le bras... d'un agent chargé de la surveillance des mœurs.

— Je crois que c'est une des filles que tu as eues avec Victoire, tu sais? dit un de ses camarades.

— Ça me fait aussi cet effet...

— Elle est bien belle... c'est bien malheureux qu'elle en soit réduite à cet avilissement. Si nous allions la réclamer ?

— Bah ! fit ... en soufflant ses joues de la façon que vous savez et en prenant une prise. Si j'étais obligé de les réclamer toutes, je n'y suffirais pas. — Conviens que mes filles son jolies, hein ?

Sa bouche se dilatait par un sourire...

On cite ... pour l'austérité de ses mœurs ; il est pensionné pour les services qu'il a rendus.

On ne saurait se faire une idée de certaines lâchetés commises par l'homme, à l'endroit de ce qu'il appelle ses amours.

Vous souvient-il encore de ... le grand réformateur.

Il séduit la femme de X... puis pour ne pas éveiller de soupçons, il lui donne rendez-vous dans une maison douteuse qu'il ne savait pas surveillée par la police... Une nuit la police vient et les trouve... La femme n'avait pas de *patente*, elle devait être emmenée, si X... ne la couvrait pas de sa haute protection...

Mais le vertueux pair refuse de se compromettre, il a une femme, des enfants... et *sa vertu* à sauvegarder.

La femme coupable de X..... est emmenée à Saint-Lazare ; mais, délateur équitable, l'officier de paix commandant la ronde de nuit a révélé le nom du prudent Lovelace.

Ah! il faut le dire, les grands hommes commettent souvent de grandes lâchetés...

Tant que le règne de la force a duré, on a pu comprendre la raison qui rendait la femme esclave et qui faisait dénier ses droits et ses priviléges.

Il en est ainsi dans l'Afrique et dans

l'Inde et dans tous les pays réfractaires à la civilisation où règne le droit du plus fort.

La force est évidemment un privilége, mais l'intelligence ayant trouvé des agents plus puissants que ceux de la force brutale, là où règne l'intelligence cette force est annihilée.

Chez nous la force matérielle de l'homme réagit évidemment et pèse peut-être encore trop lourdement sur la femme qui, malgré son intelligence, par indolence ou par légèreté, néglige de revendiquer ses droits.

Un grand écrivain, dans une de ses traductions exagérées de la figure humaine, a dit que la femme française n'était réellement femme que jusqu'à quarante ans.

Il a dit encore qu'il fallait diviser l'espèce féminine en deux classes : — FEMMES et FEMELLES. A son avis, pour être femme à Pa-

ris, il faut vingt cinq mille livres de rente,
— en province il n'en exige que six mille.

Ça vous paraît monstrueux... n'est-ce
pas?

C'est cependant feu M. de Balzac qui a
écrit cela.

A en prendre l'esprit et non la lettre, on
verra peut-être que ce sophisme a, un bon
fond de vérité.

La femme comme on la comprend, comme
on la rêve, c'est un être frêle, gracieux, aux
mains effilées et transparentes, aux ongles
roses; une de ees créations délicates qu'on
ose à peine toucher, qui doivent être cou-
vertes de soie, de mousselines et de dentelles. — Voilà la femme.

Le superbe dandy et le dernier des gou-
jats témoigneront leur admiration pour

cette femme féerique dégagée en quelque sorte des impuretés terrestres.

Mais je vous le demande... la Vénus de Milo elle-même affublée d'une cotte de bure, et en sabots, portant sur ses épaules une charge de bois mort, ou le panier de pain du boulanger...

Cette Vénus, rendue auvergnate, sera-t-elle la femme rêvée?

Non.

Ainsi la fatalité veut que la femme, fût-elle taillée sur le modèle le plus pur, ne soit vraiment femme qu'a la condition de s'entourer du luxe qui lui permettra d'avoir des mains fines et blanches, etc, etc.

Le travail durcit ses mains, rend sa voix rauque, lui donne une force virile qu'elle ne doit pas avoir, qui lui enlève ses minauderies et tout son prestige.

En réfléchissant à ces choses, les déductions logiques vous conduisent très-loin.

Elles vous conduisent droit à l'indulgence pour tout ce qui touche aux faiblesses humaines.

Si j'avais à m'occuper de législation, j'aurais beaucoup à revendiquer en faveur de la femme. — Je me contenterai de raconter ici un des épisodes qui se déroulent si souvent devant la sixième chambre.

Un mari, après avoir dévasté la maison conjugale, laisse sa femme sur le pavé avec un enfant de dix-huit mois.

Un ouvrier ciseleur passe et *ramasse* cette femme éplorée et son jeune enfant.

Un an se passe. Ils font ménage, comme il y en a tant à Paris. Ce sont même des gens rangés, la maison prospère, l'enfant est élevé convenablement.

Un beau matin le mari passe par là, il voit que la misère n'étrangle pas celle qu'il a jetée à la rue, des velléités honteuses lui passent par le cerveau. Il force sa femme à le suivre *dans les champs*...

Enfin il veut reprendre celle qu'il a abandonné... il sent le besoin d'avoir sous sa main une femme pour raccommoder ses habits et pour dévorer une partie du gain de la semaine qu'elle gagne.

Refus formel.

Alors, usant de ses droits, le mari fait constater le flagrant délit.

A l'audience du 26 mai la cause est appelée... les prévenus sont sur la sellette, sous la surveillance du gendarme traditionnel.

Ils ne nient pas ce dont on les accuse. — L'amant écrase le mari de toute la hauteur de son mépris ; il se drape dans le délit qu'il a commis comme dans un manteau de roi.

— Il avait jeté sa femme dans la boue du ruisseau... Je l'ai relevée ; voilà mon crime.

Telle est sa défense.

Mais elle viendra se heurter au mot inflexible du texte de la loi édictée en vertu d'une garantie sociale, pierre angulaire de la société française.

Les coupables sont condamnés au minimum de la peine... Trois mois de prison.

Le mari a obtenu satisfaction... Mais au lieu des félicitations du public, il entend en passant la porte les murmures de l'auditoire. Un homme décoré, habit noir, lui jette ce mot : — *Foutriquet !*

Une grande partie des maux inhérents à l'espèce sont du domaine de la femme. Elle enfante avec douleur, cent infirmités que ne subit pas l'homme sont son partage. Elle est l'esclave de nos mœurs et de nos préjugés sociaux.

Elle est en quelque sorte livrée à l'arbitraire de ceux qui l'entourent, et les fautes qu'elle commet ont sur son avenir une portée incalculable.

La civilisation, qui grandit, lui rendra sans doute les priviléges auxquels elle a droit, et fera bonne justice de bien des idées fausses dont elle supporte les conséquences néfastes.

Mais comme la justice et la réparation marchent lentement, il appartient à ceux qui comprennent les misères et les faiblesses humaines d'aider à cette réparation en attaquant les idées fausses d'une époque sceptique, en aidant à la misère de celles qui tombent, et qui, faute d'une main secourable, font des efforts impuissants pour se relever.

FIN.

TABLE

—

Introduction. 5
CHAP. I.   La Grande dame........... 9
— II.   La Dame. 17
— III.   La Bourgeoise............ 27
— IV.   La Boutiquière 31
— V.   La Femme d'employé. 37
— VI.   L'Ouvrière................ 43
— VII.   Les Servantes............ 67
— VIII.   Les Lorettes............. 73
— IX.   Les Femmes tolérées........ 87
— X.   La quêteuse des pauvres..... 109
— XI.   Exemples, — Préceptes, —
               Conclusion............. 113

FIN DE LA TABLE.

Sceaux. — Imp. de E. Dépée.

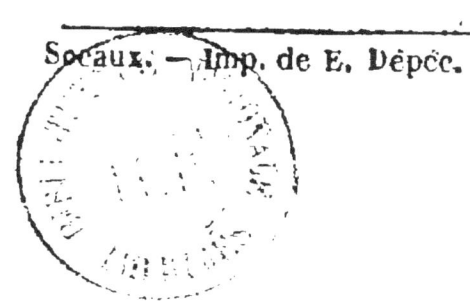

PHYSIOLOGIE
DE
LA PROCÉDURE

OUVRAGE CRITIQUE ET PRATIQUE
SUR LES

HUISSIERS, GREFFIERS, SYNDICS, AVOUÉS, AGENTS
D'AFFAIRES, ETC.

2e édition. 1 vol. in-18. — Prix : 1 franc.

—

LES
LAIDEURS DU BEAU PARIS

HISTOIRE CRITIQUE, MORALE ET PHILOSOPHIQUE DES INDUSTRIES,
DES MŒURS ET DES MONUMENTS DE LA CAPITALE

5 vol. in-12. — Détachés à 2 fr. le volume.

LES RIGOLBOCHIENS ET GARIBALDI

Brochure in-8. — Prix 50 centimes.

—

Pour paraître prochainement :

HISTOIRE D'UN AVENTURIER PARISIEN
2 volumes in-8.

—

CONSEILS PRATIQUES SUR LA PROCÉDURE
LE DROIT ET LE FAIT

—

OBSERVATIONS SUR LE CODE PÉNAL
1 vol. in-8. — Prix 5 fr.

Sceaux. — Typographie de E. Dépée.

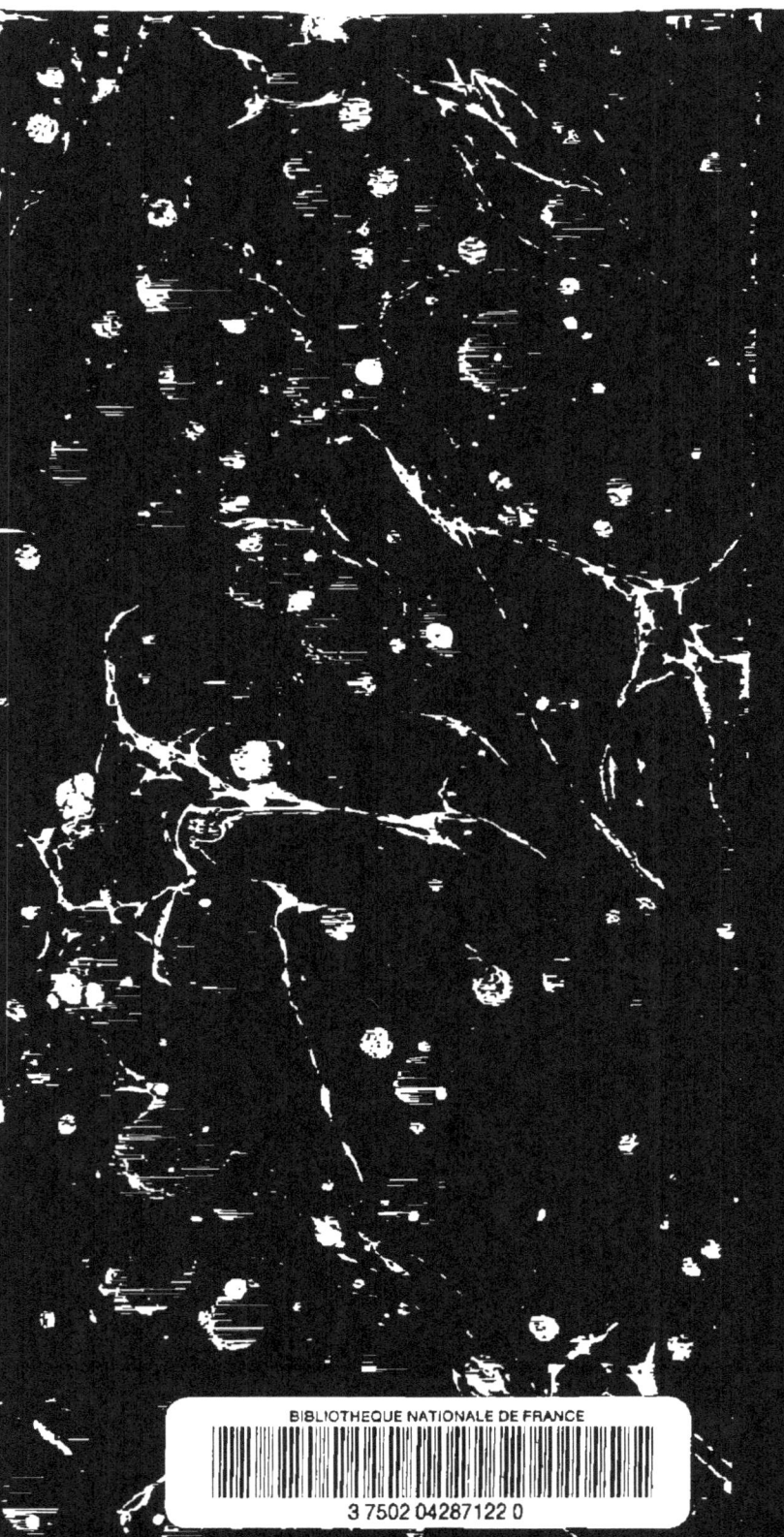

www.ingramcontent.com/pod-product-compliance
Lightning Source LLC
Chambersburg PA
CBHW051548280626
47162CB00021B/1625